Claire Franek   Marc Daniau

TOUS à POIL !

ROUERGUE

À poil le bébé !

À poil la baby-sitter !

À poil les voisins !

À poil la boulangère !

À poil le policier !

À poil la mamie !

allez !

À poil le chien !

heu… ben non !

À poil les footballeurs !

À poil le magicien !

À poil la maîtresse !

Ah non, pas en maillot de bain !

À poil la chanteuse !

À poil le docteur !

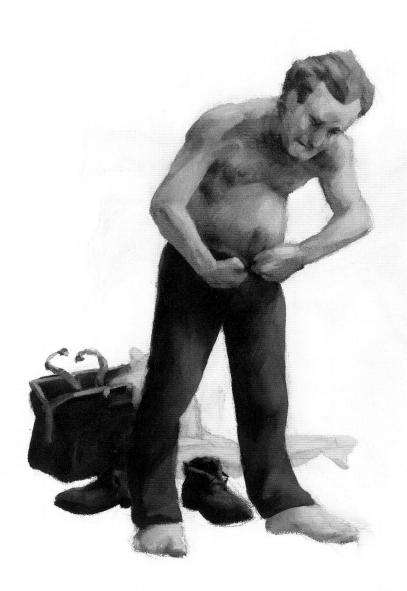

À poil le président-directeur général !

À poil les dames
de la cantine !

À poil mon ami Pierrot !

À poil ...

allez mamie
dépêche-toi !

© ROUERGUE, 2011
www.lerouergue.com
Maquette : Samantha Rémy
Photogravure : Cédric Cailhol

Achevé d'imprimer en février 2014
sur les presses de Pollina (Luçon) - L2041

ISBN : 978 2 8126 0206 1
Dépôt légal : avril 2011
Loi 49-956 du 16 juillet 1949 sur les publications
destinées à la jeunesse